KB270272

신

신

권능원 시집

인쇄일 | 2025년 09월 15일
발행일 | 2025년 09월 19일

지은이 | 권능원
펴낸이 | 김영빈
펴낸곳 | 도서출판 시아북(詩芽Book)

출판등록 | 2018년 3월 30일
주소 | 대전광역시 동구 선화로214번길 21(3F)
전화 | (042) 254-9966
팩스 | (042) 221-3545
E-mail | siab9966@daum.net

값 12,000원

ISBN 979-11-94392-43-9(03810)

신

권능원 시집

■ 시인의 말

첫 시집을 출간한 지 20년 만에
두 번째 시집을 출간을 하게된 것을 다행으로 생각한다.
세상을 살아가면서
보고, 듣고, 생각하고, 느낀 것들을
틈나는 대로 적어 온 것이다.
평범한 일상의 표현이지만
누군가에게 즐거운 여유가 되었으면 한다.
발문은 심장근 교육장님께 부탁드렸다.
이 책 속에 나만의 세상이 아닌
심장근 교육장님의 세상을 담고 싶었다.
이 책을 펴면서 감히,
높은 산 계곡의 물소리처럼
허공을 푸르게 적시며 아래로 아래로 흘러가다
마침내 바다를 이루는 물처럼
모든 이들의 가슴에 푸르고 깊은 바다가 출렁였으면 좋겠다.

2025년 09월

권능원

■ 차례

2부

산다는 것은

4부

허공마저 허공이 되면

신

권능원 시집

1부
세월, 사연이 궁금하다

… 그 사람의 향기는

새벽안개처럼 내 몸을 휘감아

나는 선 채로, 수 만년 전의 화석이 되었다.

환한 그 그리움

4월의 찬바람에
화르르 -
매화꽃 잎이 흩날려 떨어진다
깊은 허공에
환한 그리움 하나 흔들리고 있다.

2월의 마지막 날

2024년 2월 29일 지금

2월의 마지막 날
나는 바람이 되었다

2월의 마지막 날
나는 빛이 되었다

2월의 마지막 날
나는 꽃이 되었다

2월의 마지막 날
나는 하늘을 보았다.

계절의 흔적

3월의 찬바람 불어오는 저녁

파르르 -
가로수에 내걸린 빛바랜 현수막이
찢긴 채 바람에 떨고 있다

오랜 시간 쉼 없이 드나들었을 바람의 흔적과
한여름 뜨거운 햇살이 빠져나간 틈에선
목숨 하나 풍화되어 가고 있다

세상 모든 것들 가고 오고, 오고 가고
아무 일 없었다는 듯 그냥,
바람과 빛이 경계일 뿐
보일 수 없는 통로엔 적막마저 풍화되어 가고 있다

풍화된 저 목숨 하나
허공처럼 바람처럼
머물다 갈 일이란 걸 일러주고 있다.

천년의 인연

시청 맞은편
길 건너 카페 커피예술을 나와
집으로 오는 길

운전석에 나를 앉히고
내 그림자가 차를 몰고 간다

푸르고 깊은 하늘처럼
깊은 내 눈빛 속으로 나는 걸어 들어갔다
캄캄한 바닷속처럼
깊은 내 가슴속으로 나는 걸어 들어갔다

그곳엔,
천년의 바람결이 흐르고
천년의 꽃향기가 가득하였다.

꽃 한 송이

깊은 연못 속에
7월의 구름이 흘러간다

무량한 세월
천지를 떠돌다
밭두렁에 핀 흰 꽃 한 송이의
환한 부질없음을 보았다

늙은 저 구름은
바람에 쫓겨 갈 뿐
연못에 잠긴
제 자신의 모습을 볼 수가 없네.

태풍

2022년 8월
태풍 힌남노 중심기압 920/hpa, 최대풍속 초속 54미터

태풍에 휩쓸린 도시들
폭풍우에 파묻힌 생명들
하늘이 원망스럽다

어제는 서북쪽으로 달려만 가던 먹구름이
오늘은 쪽빛 하늘을 데리고 동남쪽으로 달려간다
이 슬픔을 아는지 모르는지
천방지축 흔들리는 숲의 나무들
앞뜰에
무리 지어 핀 꽃송이 위를 날던 흰나비 한 마리
지붕 위로 팔랑팔랑 넘어가고
깊이 고인 물 속으로 구름이 흘러간다

나는 멀리서 들려오는 바람 소리에 먼 하늘을 응시한다.

너도 하늘 나도 하늘

1월의 이른 아침
조그맣게 뚫린 남쪽 창문
창호지 틈으로 강렬한 빛이 들어온다
그리움이다
반가움이다
환호성이다

빛이 나를 보는가
내가 빛을 보는가!
수억 년 어둠의 경계를 넘어 넘어 닿아온 너
내가 너를 만나려 이 세상에 왔는가
나를 만나려 네가 이 세상에 왔는가!

이 순간의 만남을 위해 하늘은 열렸으니
너도 하늘
나도 하늘이 되는구나.

무상한 꽃

11월의 찬바람에
가로 등불도 서성이는 밤

그 사람의 낮은 목소리
"추워서 그런데 따듯한 물 좀 주세요."

어느 곳에서 와서 어디쯤으로 가는지 나는 모른다
초겨울 밤바람을 거슬러
꼭, 가야만 하는 사연이 궁금하다

양지바른 토담 아래, 누님의 눈물로 핀 채송화처럼

그 사람의 향기는
새벽안개처럼 내 몸을 휘감아
나는 선 채로, 수만 년 전의 화석이 되었다

땅속에 묻혀있던
청동 검에 핀 저 회색의 꽃무늬처럼
멈춰 섰다 떠나간 자리마다
보일 수 없는 무상한 꽃이 피었다

여기서 거기 어디쯤까지
들려오던 밤바람 소리 들려오지 않았고
하늘을 긋던 날새들의 자취도 보일 수 없다

이마 한가운데로 금강의 빛줄기가 들어와 박힌다
시간도 공간도 까만 한 점이다.

도깨비불

4월의 밤
도깨비불들이 아우성이다
속도가 속도를 먹어치우는 굉음 속에
홀로 서있는 나 아닌 나를 바라본다
시간과 공간이 분리되고
타클라마칸사막의 모래바람이 몰아친다

수많은 사람들의 발자국소리 떠난
텅 빈 밤길 위에
지금 나는 쓸쓸히 서있다
텅 빈 밤길 위로
달빛은 금빛으로 쏟아져 내리고
앞산의 키 큰 나무들은 묵묵히 산을 지키고
물이 가득한 논에서는 환희의 함성이 들려온다
개구리들의 함성이다.

미스터트롯을 보면서

보고 또 보고,
한과 흥이 시루떡처럼 소박하고 정결한 미스터트롯을 듣다 보니
새벽 1시
진심과 성의
기교와 자신감
하늘로 솟아오르고 땅으로 떨어져 내리는
기쁨과 아쉬움의 교차점에 서서
나는 가만히 바라보았다
하늘로 오르려면 지극해야 한다는 것을 -

바람의 길을 걷는다

2월의 늦은 밤
나는 글을 읽는다

바람의 길을 걷는다
빛의 길을 걷는다

바람과 빛은 하나이며 만이다

바람과 빛은 경계가 없는 하나이며
빛과 바람은 경계를 이룬 만이다

빛 속에 바람이 가득하고
바람 속에 빛이 가득하다

빛과 바람은 꽃이 된다.

빈 가슴에 낮달처럼 떠 있는 달

5월 21일
깊은 밤하늘에 달이 환하다
고차하는 차량의 불빛들이 적막하다
붉은 신호등에 멈춰 선
차량의 불빛들이 나를 바라본다
나는 가슴이 뜨거워진다
아니, 두근거리고 있다
서성이던 그리움인가 보다
그 그리움 속을 한참을 들여다보았다
구채구의 옥색 물빛도 보였다
오채지의 폭포수 소리도 들려온다

형체도 나이도 분간할 수 없는
시간이라는 놈이 나를 깨운다
나는 긴 그림자를 앞세우고 돌아섰다

내 빈 가슴에 희미하게 낮달이 하나 떠 있다.

빛의 외침

1월의 아침
내 눈빛이
조그맣게 뚫린 창호지 틈으로 비쳐 들어오는
강렬한 빛과 마주쳤다

가느단 빛의 외침이 들려왔다
알 수 없는 그리움과 반가움이
눈빛을 타고 들어와 가슴이 뜨거워졌다

수억 년의 세월,
어둠의 경계를 걷고 걸어 닿아온 너
그 작은 틈을 향한
거대한 힘의 자비
그 작은 틈을 향한
절제된 저 - 힘

반가움
그리움
환희
보일 수 없어도 느낄 수 있는 무한의 힘

꽃으로 피어 만리에 번져나가는 꽃향기
작은 틈으로 비쳐 들어오는 가느단 빛의 힘이여…

산이 가고 산이 오네

아직, 찬 바람 부는
2월 말

산이 가고, 산이 오네
깊은 강물은
제 갈 길을 재촉하네

강물에 떠밀려 가는가
강물 따라 넘실넘실 넘어가는가!
잔설 품어 더욱 적막한
저 산은
굽이굽이 고개 너머 하늘 아래 희미하다

물길에 취했는가!
산속에 잠겼는가!
바람 소리에 문득 깨어보니
나 아닌 내가 산길을 걷고 있네

나는
어디서 왔는가

어디로 가는가
가던 길 멈춰 서서
저 강물 바라보며 그 뜻을 묻고 있네.

소리 없는 웃음

3월 21일 밤 11시 13분

달이 떴는가!
창문이 제법 환하다
또박또박 걸어가는 초침소리처럼
내 심장이 두근두근 뛰고 있다
분명,
그리움도 아닌 것이
반가움도 아닌 것이
이 한밤에 도깨비 시늉을 한다
대낮에 몰래 내 몸속으로 숨어들어온
뿔 없는 도깨비인가 보다

나는 가만히 눈을 감는다
생면부지의 사람들이 웃는다
생면부지의 한 사람이 말을 한다
그 소리 없는 웃음
그 소리 없는 말이
도대체 무엇이란 말인가
나는 더욱 깊은 어둠 속으로 걸어 들어갔다

하늘의 소리인가 보다
우주가 끝없이 팽창을 한다
팽창하던 우주는 하나의 직선이 되고
마침내 우주는 한점이 되었다.

새벽녘 환한 그리움 하나

새벽녘 하현달이
하늘 한복판에 떠있습니다
그 긴 겨울밤을 새워 슬픈 그리움 하나
힘들어도 또박또박 걸어왔습니다

그 먼
추운 밤을 새워, 새워
찾아올 줄은 몰랐습니다
꿈길에서나 한 번 만나보자 보채었던
새벽녘 환한 그리움 하나
눈 덮인 겨울밤을 걸어, 걸어 천둥처럼 찾아왔습니다.

아내의 말

2월
찬 바람 부는 밤
나는 작은 칼로 귤껍질을 벗긴다

아내가 하는 말
기다리다 죽겠네!
손으로 벗기면 손톱이 아파서 그래 -
그래서 내가 벗긴다고 그랬잖아 -
아내의 손톱이 아플까 봐
일부러 내가 귤껍질을 벗기는 심중을 아는지 모르는지 -

귤 맛이
시큼
사큼
달콤
아내의 말이 꼭 귤 맛 같다.

아버지의 땅

2005년 늦가을 자정을 넘긴 밤
나를 깨우는 소리
우웅 - 우웅 -
아버지의 땅이 울고 있었다

목숨으로 버텨온 세월이었다
묵묵히 지켜오던 변방에
칼바람 불어닥쳐도 끝끝내 물러설 수 없다
이제는, 세상을 향해 외쳐야 한다
모두가 귀 기울여 들어야 한다
할아버지 아버지가 살다 가신
이 땅의 죽어가는 숨소리를

갈대꽃 하얗게
무리 지어 흔들리던 논두렁 밭두렁
고추잠자리 노랑나비
쌍쌍이 분주하던 날개 짓
새참을 머리에 이고 서둘러 오시던 어머니의 길

새를 쫓던 아이들의 목소리도 사라져 버린 지 오래
증화학공업인지 첨단 IT산업인지 거창한 그놈의
회색 명분에 점령당한 아버지의 땅이
캄캄한 하늘 아래서 울고 있다

허수아비처럼 서서 창 밖을 바라보았다

11월의
모진 바람에 휩쓸려 밤새도록
쉬임없이 몰려가고 몰려와야 했다

이제
먹구름 서녘으로 가버리고
바람마저 구름을 쫓아간 후
양지바른 한 모퉁이에
숨죽인 슬픈 삶들을 보았던
그날처럼
어느
한 여인의 슬픈 얘기를 듣고
나는 허수아비처럼 서서
창밖을 바라보며
눈물을 흘려야 했다.

2부
산다는 것은

… 산다는 것은
적막과 침묵의 땅에
한 점으로
흔들리는 것

텅 빈 간이역에 앉아 있는 두 노인

안갯속 첩첩한 산이 희미하게 보이고
창문 밖
한 그루 미루나무가 바람에 흔들리고 있다
탁자엔 붉은 꽃이 극락에 들어있다
백 년 인생사,
이승의 끈을 악착같이 붙잡고 허둥대는 사람들
저승길이 캄캄해서일까?
이승과 저승은 탁자 위 붉은 꽃인 것을 …

텅 빈 기차역에 앉아 있는 두 노인처럼.

평택발 청량리행 지하철

텅 빈 완행열차가 왔다가 가고
급행열차가 지금 들어 오고 있다

병원으로 가는 길목에
백화점이 있었다
화려한 불빛과 은은한 선율을 따라
어항 속 물고기처럼 유영하는 사람들
텅 빈 완행열차의 열렸다 닫힌
텅 빈 입의 허무가
무상한 꽃으로 피어났다

지하철은 흔들흔들 흔들리면서도
목적지를 향해
거침없이 허공을 가른다

나는 오던 길을 되짚어
높다란 지하철 계단을 힘겹게 올라가고 있다.

무념무상

산다는 것은
적막과 침묵의 땅에
한 점으로
흔들리는 것

산다는 것은
광대무변한 거대한 인연의 밤하늘에
별빛으로
흔들리는 것.

내일, 아내가 말했다

시 좀 그만 쓰고 편하게 살아요

아내의 말이 맞다

오늘 밤도 어제처럼 창문이 환한
새벽 1시 6분
덕두리 가는 길
키 큰 참나무숲의 향이 진하다
그 참나무 액을 빨아먹느라 정신없는
풍뎅이
말벌
사슴벌레
오고 가고, 가고 오는 날개짓이 시끌벅적하다
앞발과 뒷발의 힘이 장사다
딱딱한 황갈색 날개를 열고 날아오르는 날개짓이 헬리콥터다
안정리 미군 부대에서 뻔질나게 날아오르던 그 헬리콥터…

아이들은
가끔씩 풍뎅이 목을 비틀어 땅에 뉘어놨다
목은 비틀렸어도 어김없이

그 풍뎅이는 또다시 날개짓을 했다
인테넷에 밀려 책이 안 읽히는 시대
세상에 알려지지 않은 내 시가 읽힐 일은 없을 것이다
아쉬워할 일은 더욱 아니다
풍뎅이처럼
목이 비틀려도 나는 그 길을 가야 할 것이다.

대문 밖을 나서다

소식이 궁금해 대문을 열었어
그리곤,
가만히 귀 기우려 들어봤어

텃밭의 나무들이 나를 쳐다보고 있어
하고 싶은 말이 있나 봐
아!
팔이 너무 많아 지향해야 할 어느 곳을 알 수가 없어

나는 새 톱을 하나
농협에서 사왔어
그 빛나는 톱으로
균형 있고 멋있게 가지치기를 했어

나무가 말했어
이제는 가야 할 제 방향을 가늠할 수 있다고
나도
지향해야 할 곳을 향해 흔들림 없이 가야겠어.

아내의 넋두리

아침밥을 먹으면서 아내가 말했다
글을 쓰면 돈이 생기나 뭐가 생기나…
하던 일도 그만둘 나이에
왜 그렇게
글을 쓰려 하시오
그만 쓰고 같이 여행이나 다녀요
그려 그만 써야지
하지만,
어찌하랴 눈에 보이면
브고 싶은 것들 그냥 쓰고 싶었다
첫시집 '불빛 그 그리움' 서문에 밝혔던
'한 시대를 살아간 내 흔적을 조금이라도 남기고 싶었다'

내 7대조 할아버지처럼
벼슬도 못하면서… 자정이 넘은 12시 23분 이 시각에도
나는 지금 글을 쓰고 있다
어찌하랴!

백두산

백두산 가는 길

말로만 듣던
갈 수 없는 땅

내 가슴에 꽝꽝, 박혀있는
갈기 세워 천년의 바람을 가르는
고구려, 발해
그 푸른 깃발이 꽂힌
염원의 땅을 이제야 오른다

하늘엔
구름과 바람이 뿌리도 형체도 없이 적막하고
땅에는
흰 자작나무와 푸른 옥수수가 울울창창 끝이 없다

파란 천지여-
흰 비룡폭포여
하늘의 눈으로 염원하시는 도다
하늘의 목소리로 기도하시는 도다

하늘에 점점이 뿌려진 초록의 잎들이
금강의 꽃잎으로 빛나고 있다.

보고 싶어 대문을 열다

그냥,
보고 싶어 대문을 열었어

뜰앞의
노랑 민들레
자줏빛 광대나물꽃이 바람에 흔들리고 있어

고개 숙여 바라보니
금강초롱처럼 앙증맞게 예쁘지만
향기가 나지 않아…
다른 이름 모를 꽃들에서는
은은히 향기가 피어나고 있었어

향기 없는 그 꽃이
그 예쁜 잎술로 나에게 말했어
향기 없는 꽃도 꽃이라고

그래,
맞는 말 일거야
향기는 없더라도

가슴에 예쁜 꽃 한 송이 피어있는
사람이면 좋을 것 같아…

북창北窓을 마주 보고 앉아
눈물을 흘리는 남자

소반 위엔
사골국물 한 대접, 북어찜, 깍두기 한 접시
햇살이
희미하게 비쳐 드는 북창을 마주 보고 앉았다

침대엔 95세 어머니가 허리가 굽힌 채
모로 누워계시고

텔레비전에 나오는 어느 한 가족의 슬픈 이야기를 듣고
사골국물에 밥을 말아 먹으며 나는 눈물을 흘렸다

빗물에 맑게 씻긴
대문 밖
돌 틈에 핀 노란 민들레꽃이 더욱 환하다.

산 같은 하늘

서벽 남한강이
단양 땅을 굽이굽이 돌아 나와 물안개를 피웠다
구름처럼 긴 안개가
소백산 깊은 골을 가득 채우며 푸른 산을 오르고 있다

산 같은 하늘이 산을 넘는다
산 같은 하늘이 산같이 높다

시월의 찬 이슬, 새벽바람 불어와도
나뭇잎은 흔들리지 않았다
산 같이
산 같이…

바람은 계곡 물소리를 앞세우고
허공을 휘이 휘이 숨차게 올라
연화봉 하늘 위 한 점 흰 구름이 되었다.

삼별초

해 질 녘
거센 비바람에
고려 삼별초 기개 같던
앞마당, 석류나무가 꼿꼿하게 쓰러져 누웠다
아직도,
숨이 붙어있는 듯 내 가슴이 뜨겁다

천지를 휩쓸고 간 그놈
나는
삼별초의 긴 창을 꼬나들고 그놈의 자취를 쫓았다

허무의 시간 들이
용장성의 빈 성터처럼 휑하게 맴돌고 있다.

세월

창밖 저 멀리엔 산이 첩첩 도시를 품었고
깊은 하늘 동편엔 구름이 솟았구나

카페 블랙쿠바를 나와
오던 길 되짚어가는 사십 리 길
석양의 붉은 구름이 산을 넘어가고
굽어진 길 따라 내가 고개를 넘는다

식탁엔 게가 한 마리, 술병이 하나
내일은 없을지도 모르니
있을 때 많이 먹으라고
그왔던 그 여자가 말한다
세월이 늙었는지
내가 늙었는지
스쳐 지나가는 가을바람에서
언뜻,
맷방석 깔린 사랑방 냄새가 났다.

수억 년 세월이 한순간이었구나!

아산 늘푸른요양병원을 나와 집으로 돌아오는 길
빈 가지의 나무들이
아직, 찬바람에 구도 중이다

굽어진 길 따라 산이 가고 산이 오고
나는
그 사람의 눈빛 속에서 어라산을 보았다
봄 아지랑이 일렁이는 그 어라산을 -

얼마나 걸어왔을까
얼마나 달려왔을까
수억 년 세월이 한순간이었구나!

무량한 시간을 걸어 걸어
끝없는 경계를 넘어 넘어 다가온 너
푸른 하늘 높이 떠가는 흰 구름 바라보니
언뜻언뜻 보이네
하늘이 된 그 사람의 가슴이-

아버지

아침 일찍 들에 나가 풀을 뽑았다
이마에서 툭툭 떨어지는
땀방울이 빗방울보다 더 크다

끊어질 듯 허리가 아프다
자두나무 아래 장뚝에 앉아 바라보니
만여 평의 고구마 무성한 푸른 잎에
바람은 물결이 되어 출렁이고
고추잠자리 된장잠자리 여나무마리 하루살이를 쫓는다

여전히,
땀에 흠뻑 젖은 몸에선 아버지의 냄새가 난다
아버지의 몸에서도 단내가 났다 보다.

어르목고개

까페 커피예술을 나와
온양 도심 생태하천을 바라본다
하늘도 푸르게 깊은 날이다
키 큰 버드나무,
노란 꽃 수선화,
까망 쥐똥나무 진한 향이 눈빛 가득 밀려온다
돌돌돌 물살을 거슬러 돌고래 떼가
도심을 뚫고 명량의 함성이 들려오는 설화산을 향하고 있다
조선 명종 때
임꺽정의 산채가 있었다는 어르목 고개를
한 마리 고래가 되어
나는 지금 넘고 있다.

은빛 가늘고 긴 선녀

지금,
한의원에서 침을 맞고 있어
가늘고 긴 조그만 놈이
깊게 아프고
얕게 아프고
찌릿찌릿하게 내 몸을 찌르고 있어

하, 그놈
땅의 기운과 하늘의 기운을 구름처럼 몰고 와
내 몸속을 한바퀴 휘돌며
천지의 기운을 내려준다나?

은빛 가늘고 긴
그 침이
아름다운 선녀처럼 보였어
지금,
내 가슴에 흰 구름이 산봉우리처럼 피어나고 있어…

허공에 단풍으로 파문이 진다

물에도
무늬가 있다는 것을 알게 되었다
물에도 빛깔이 있다는 것을 알게 되었다

냇물이
비켜 흐르다 여울져내리는 소리
돌들이
고래 떼 되어 물길을 거슬러 오르는 소리
그 소리들
허공에 단풍으로 파문이 지면

돌돌돌
소리내며
내 가슴에도 개울물이 흘러간다.

키 큰 불면의 그림자

깨어보니 한밤중
이리뒤척 저리뒤척 잠은 오지를 않고
모로 누어 잠을 끌어당겨 본다

허공의 벽엔
키 큰 검은 불면의 그림자가 서성이고
계곡물 거슬러 돌고래 떼
푸른 숲으로 들어간다

허공으로 막히고
가는 듯 멈춰있는
너는, 불면의 검은 그림자.

어머니

하정역에서 10분 거리
명지병원 3층 중환자실
한 뼘 남짓한 보호자대기실 유리창을 맞대고 나는 서있다

어머니는 지금
가느단 생명줄을 힘겹게 부여잡고
아슬아슬한 꿈을 꾸고 있을지도 모른다
아니, 차라리 힘들고 거추장스러운 생을 먼 하늘 별을 바라보듯,
천길 벼랑 아래로
티끌 하나 떨어져 내리는
무궁한 내면의 소리를 듣고 계실지도 모른다

경의중앙선 지하철의 긴 불빛이
허공과 땅의 경계를 알리고있다
어머니와 나의 인연이 아슬아슬하게 어둠의 허공에 걸려있는 지금
나는 어떻게 해야한단 말인가

천길 벼랑에 서서
어둠의 허공 속으로 두 눈을 부릅뜨고 맞섰다
해인사 해탈문을 지키고 선 신장의 긴 칼을 나는 빼어들었다

어머니의 보호자를 찾는 안내방송이
얼어붙은 내 심장에 비수가 되어 날아와 꽂혔다
허공에 수없이 메아리진다
찰라에 끊긴 인연 기약할 수 없는 이별에
나는 영원한 불효자가 되었다.

신

권능원 시집

3부
빈 곳이 또 빈 곳이 되다

… 하나가 열이 되고, 천이 되는
세상을 향한 천둥의 울림이 되고
가슴에 황홀한 파문이 되기를 염원하며 걸어가는 길
그렇게, 그렇게 걸어가고 싶은 길.

가섭산 미타사

저물녘,
텃밭 둑에 핀 야생화 무리
톤바람에 가느다랗게 흔들리고 있다
소금처럼 작은
흰 꽃잎은 다섯 장
초록의 잎새는
아기 손톱만 하고 톱니를 둘렀다
가느다랗게 흔들리며 바람의 흔적을 남기고 있다
비껴오는 서녘햇살을 향해 환하게 웃고 있다
49재 지낸 어머니의 환한 모습이 끝없이 허공에 파문진다

가섭산 미타사,
촛대에 불을 밝히고
황금 향합에 향을 피워
극락전의 부처님께 절을 올렸다
해가 빛을 잃는다 해도
나는 어머니의 환한 웃음이 염화시중의 미소이길 염원하였다

찰나도 공인 것을

지축을 울리며 ktx열차가 천안역을 지나갔다
바람과 소리와 속도가 휩쓸려 간 빈 공간이 휑하다

신축 중인 고층빌딩 꼭대기엔 타워크레인이 3대
그 긴팔로
아득한 천지를 재고 있는가!
아득한 세월을 재고 있는가!

섬처럼 도시에 갇힌
한 뼘 숲엔 키 큰 소나무가 푸르게 흔들리는
어린아이 분홍빛 바지 같은
봄날에
나는 또 반가사유상의 아득한 눈빛 속으로 걸어들어가야만 했다

그 사람의 목소리가 들려온다
그 사람이 나를 바라보고 있다

천년의 바람 소리가 들려왔다
천년의 빛줄기가 닿아왔다

모든 것은 찰나일 뿐
무엇을 덧붙일 수 있겠는가
찰나도 공인 것을…

공空도 공空이다

오늘도,
어둠 한 자락 잘라낸다

이 세상
저세상에도 태어나지 않아야 할 것을…

얽힌 인연을 끊어내지 못하고
반가사유상의 깊은 눈빛 속으로 걸어들어갔다

바람이 바람으로 푸르게 흔들리고
강물이 강물로 출렁이며 흘러가고
하늘엔 하늘처럼 흰 구름이 떠있구나

나는 하늘이 된다
나는 신神이 되었다

하늘도 공이고
신도 공이고

나도 공이다

곧도 공이다.

공空

허공엔
푸른 바람의 길들이 천년의 강물로 흐르고
대지엔
슬픈 시간들이 붉은 꽃잎으로 점점이 떨어져 내리고 있다
무량한 어둠을 지나
내 눈빛 속으로 들어온
너는
황금빛 눈부신 만상萬像이 된다.

금강산 유점사

나는 지금
바람에 흔들리는 아침 이슬에 젖은 콩잎을 바라보고 있다

그때,
금강산 유점사에서 나는 무엇을 하고 있었을까
불현듯, 어머니 생각에 머리 들어
남녘 먼 하늘 바라보고 있었을까
아버지 열 살 때
"며칠 있다 올게 잘 있어라" 하시고 대문 밖을 나서셨는데
칠월 억수같이 장맛비 쏟아져 내리던 그날
어라산 산도깨비 쫓아서
무작정 달빛 속으로 걸어가신 할아버지를 생각하고 있었을까
나는 오늘밤도 그 어라산 산도깨비를 쫓는다
그놈은 알고 있을 것이다

능소화 핀 대문 앞에
거대한 시간의 절벽으로 선 한 아이가
도깨비방망이를 가슴 속 깊이 숨기고 있다는 것을-

그냥, 떠나가면 될 것을…

비가 오면 어떠한가
바람이 불면 어떠하리
그냥 떠나가면 될 것을 -
왜,
맑은 하늘에 떠가는 구름을 보고 나서야
구름을 따라간다 하시오

눈이 오면 어떠하리
바람이 불면 어떠하리
왜,
밤하늘의 달을 보고 나서야
달을 따라간다 하시오

구름도 달도
오던 길 혼자 가야만 한다오
가던 길 그냥 가면 왔던 그 길인 것을…

나는 빛이 되고 바람이 되고 꽃이 된다

땅의 바다는 얼지를 않았는데
하늘의 푸른 바다는 얼었는가

파도는 용의 울음소리로 바다를 뒤집는데
하늘은 꽝꽝 유빙에 갇혀 만리에 뻗혀 있네

나무와 풀은 해마다 푸른빛 그대로 인데
인생은 세월을 막지 못한 채 백발이 되는구나

빛 속에 꽃이 환하고
바람 속에 꽃이 흔들린다

나는
빛이 되고 바람이 되고 꽃이 된다.

만리장성

동쪽에서 서쪽
산해관에서 가욕관까지 8851.8킬로미터

중원의 끝과 변방의 끝이 서로 마주 선 채
돌아설 수 없는 숙명이 되어
천년세월을 침묵으로 견뎌온 성벽

그날,
함성은 먹구름처럼 하늘을 뒤덮었고
칼 빛은 번개처럼 땅을 휩쓸었다

천년 후, 오늘
병사들은 모두 신이 되었고
그날의 전투는 신들의 전쟁이었다

절벽이 된
피맺힌 절규 쟁쟁히 들려오고
망치 소리마다
돌 타는 냄새가 푸른 연기로 자욱한

천산만학 그 골짜기에
7월의 푸른 잎새가 거융관 가느단 바람에 흔들리고 있다

굽이치는 산등성이를
숨이 멎는 듯, 숨이 멎을 듯
꺾었다 비틀기를 수만 번 몸부림치며 기어오르다
꺾인 목을 곧추세워 서쪽 하늘 바라보니
푸른 안개 속에 세상이 잠겨있구나!

달

오늘 새벽,
서쪽 하늘에서 새벽달을 보았는데
오늘 밤
동쪽 하늘에 떠있는 달을 또 보았네
서녘으로 질 때는
희미하게 쓸쓸하더니
다시, 금빛으로 환하게 떠올라 반갑구나
인생은
한번 가면 다시 돌아올 수 없으니
아득한 그 슬픔 어찌하리오.

바람의 냄새

땅을 걸어가니
하늘이 따라온다

아무 말 없는
하늘을 따라온 빛살이 적막하고
바람의 냄새가 스쳐갔다

내가 천 년의 객인가
바람이 천 년의 객인가

세월의 강물 따라 가고 오는
바람의 길들을 바라본다
바람 속엔 빛이 있고
빛 속에 바람이 있다
바람 속엔
향기 짙은 꽃 한 송이 흔들리고 있다

나는 하늘이 된다
나는 신이 되었다.

만물은 둥글 뿐이다

아침을 먹는다
식탁 위엔
열무김치
멸치
풋고추
고등어 한 마리
사골국 한 그릇
밥을 먹으며 생각한다

만물은 뿌리가 없다
만물은 뿌리가 있다
만물은 형체가 없다
만물은 형체가 있다
만물은 색깔이 없다
만물은 색깔이 있다

만물은 둥글 뿐이다
끝도 경계도 없이 둥글 뿐이다.

떠난 것은 떠난 것이 아니다

겨울 청둥오리 긴 그림자 떠난 빈 하늘에
금빛 햇살이 어룽거린다
청둥오리 긴 울음 떨어져 내린 빈 하늘에
연둣빛 바람이 흘러간다

가는 것 있으면
오는 것이 있는 법

하늘과 땅은 말이 없어도
세상 만물의 이치를 스스로 보여주고 들려주고 있으니
무엇을 보태고
무엇을 뺄 수가 있단 말인가.

바람도 빛도 숨을 멈췄다

푸른 잎
바람에 흔들리니
새소리 들려오고
깊은 하늘 아래
집들이 나지막하다

허공같은 세상길
허공처럼 걷다 바라보니

바람도 빛도
숨을 멈춘
눈도 귀도 없는 내 그림자
활불이 되었다

바람의 말

룽타,
히말라야를 품은 나라 부탄에선 '바람의 말'이란다
고원의 땅에
세찬 바람에 펄럭이며 경전의 말씀을 바람으로 전하는 깃발
경전을 읽어주는 저- 금빛 바람 소리
고원의 땅에 펄럭이는 깃발을 공경하며 일상을 사는
부탄 사람들의 마음
그 마음들이 곧 경전이었다.

거대한 강물처럼

두바이 가자고
두바이 가고 싶다고
아내가
스쳐 지나가는 소리로 말했다
조금은 낯설은
서 아시의 땅,
검은 보석의 강물이 도도히 출렁이는
초 현대의 물결 속, 두바이
나는 야자수 큰 잎이 바람에 펄럭이는
베트남 다낭으로 기수를 돌렸다
비행기 안에서 졸고 있는
아내의 옆 모습을 보았다
살짝 진 주름과 창백해진 얼굴
내 가슴에 못으로 박힌
환한 어머니의 웃음이 아프다
오늘 밤,
베트남의 열대성 호우는
온 도시를 집어삼켰다
거센 물결은
낮은 곳에 길을 내며 흘러가고 있었다

다낭의 도시를

자동차와 오토바이가 함께 어우러져

거대한 강물처럼 흘러가던

3년 전 하노이에서 보았던

무질서 속의 질서를 나는 보았다

낮은 곳을 향해

거대한 강물처럼 흘러가는

베트남의 모습이 아름답다

신_神

오늘도 알 수 없는 무언가에 밀려 하루가 지나갔다

아득히 희미한 지평선이 나를 바라본다
풍선처럼 팽팽한 지구가 둥둥

끝없는 우주로 밀려나간다
땅과 바다와 하늘이 팽팽한 풍선이다
우주의 한쪽 끝을 밟고 선
거대한 신이 밀려가는 풍선을 바라보고 있다.

TV, 세상에 이런 일이

신의 입을 가진 소녀가
나에게 신의 가슴을 주었다
신의 눈빛을 가진 소녀가
나에게 신의 눈물을 주었다

신은 나에게
신의 가슴과 신의 눈물을 주었다

구름의 발자국 소리

비바람 치는 날
하루 종일 붓글씨를 썼다
검은 먹글씨의 한지가
방 안에 가득하다

한지를 한아름 가득 쓸어안았다
가슴 가득
먹 향기가 피어올랐다
하늘을 걸러가는
구름의 발자국 소리가 들려왔다

먹 향기가 가득한
구름의 발자국 소리가
천 송이
국화꽃으로 피어났다

4부
허공마저 허공이 되면

··· 슬픈 기억들마저
허공이 되고
그 허공마저 허공이 되면

보입니다
바람에 흔들리는
꽃 한 송이가 -

유아독존 唯我獨尊

천상천하 유아독존

3천 년 전의 그 길을 걷는다
발걸음마다 꽃이 피고
발자국마다 꽃향기가 피어오른다

캄캄한 바닷속처럼 깊은
천년의 시간을 걷다가
문득,
고개 들어 밤하늘을 바라보니
흰 구름 붉게 물들이며
저- 달이 걸어가고 있네.

무명천

무명천 같은 하늘 한 자락 잘라내면

툭 -

잎새 하나 떨어져 내린다

찰라에 절벽이 된 생과 사의 끝이 뭉툭하다

목숨처럼 부지해 온 삶들

온 생을 한순간에 결단 낼 수 있다는 것은

천리를 알아서일까

나는 한밤에 절벽처럼 앉아 반가사유상이 된다

운명이 천둥번개 치듯 언뜻언뜻 보인다

천리는

앞도 뒤도 없이 처음도 끝도 없이 운행하는 것을 -

찬 서리 내린 새벽

사자밥상 앞에 벗어놓은 신발처럼

나는 죽음이 두려워 영원을 염원하고 있다.

아직도 하늘은 열리지 않았다

창밖의
푸른 나뭇가지 바람에 흔들리니
나뭇가지 따라
내 몸도 흔들리네
하늘엔
흰 구름 남북으로 길게 누워있고
나는 가없는 그 하늘에 갇혀있네

눈썹이 아프다
눈썹을 뽑으면 하늘이 열리려나
얼굴이 가렵다
얼굴을 긁으면 하늘이 열리려나

아직도 하늘은 열리지 않았다.

청둥오리울음 하늘을 울린다

방에 홀로 앉아
마음을 가라앉히고 깊은 생각에 잠긴다

청둥오리 날아가는 소리 들려온다
끼룩끼룩
일직선으로 겨울 하늘이 울린다

2월 중순
돌아갈 때를 이미 알았는가 -
또 다른 청둥오리 무리가 서쪽 하늘로 날아간다
서쪽 하늘 끝에
청둥오리들의 땅이 있는가보다

때가 되면 가야 된다는 숙명
수 천만년, 수 억년의
파란 기억들을 점점이 밝히며 날아가는 저-날개짓
내 몸속에도 분명 찾아내야 할
아득히 먼 기억의 색깔과 소리가 있을 것이다

내가 찾아가야 할

그 순수의 기억들이

수 만리 장천을 날아가는 저- 날갯짓이 아닐는지-

뿔 달린 도깨비

서남쪽 하늘 끝에서 구름이 몰려온다
후두둑, 후두둑
굵은 빗방울이 먹물처럼 옷에 번진다
서둘러 집에 돌아오니 금세 햇살이 비친다
호랑이 장가 가는 날인가 보다

캄캄한 밤길을 눈을 감고 걷는다
오늘은
도깨비와 한바탕 놀아야겠다
할아버지가 장맛길에서 만났었다는
7월의 뿔도깨비와…
태산을 뽑는 기운으로도 넘어뜨릴 수 없는 그 놈
왼발을 걸어 넘기면 짚단 쓰러지듯 푹, 고꾸라진다는 것을
그놈은 꿈에도 모를 것이다

10말짜리 술독을 앞에놓고
밤새도록 눈이 벌겋게 취하도록 마시다가
비틀비틀 엉거주춤 너도 나도 춤을 춘다

나는
으늘 밤에도 그 놈의 뿔달린 도깨비를 땅에 메어꽂을 것이다.

소리는 허공으로 흩어지고

하늘 한 자락 잘라내니
그 사람이 보인다

이름은 있어도
스님이라 불러주던 사람

오늘 밤처럼 환하던
3월 29일 0시 31분
달빛 따라 그렇게 먼 길을 떠났다
얼굴 한번 뵌 적 없는 할아버지처럼…

혼백은 훨훨 떠났으니
빈 몸만 남았구나
소리는 허공으로 흩어지고
눈빛은 어둠 속에 잠겼다
말을 하려 해도 전할 수 없고
바라보려 해도 봐주지를 않는구나
아!
막막한 이 슬픔을 어찌해야 한단 말인가
뜨거운 눈물만 흐를 뿐이네.

하늘 한 자락

하늘 한 자락 베어내니
자그락 자그락,
쇠 바퀴 마차가 황톳길을 간다

나
수철이
소
각각 홀로 셋이
마차에 걸터앉아 먼 아지랑이 아득히 일렁이는 오월의 황톳
길을 간다

그 저수지 수변 갈대숲 아래
자라 한 마리 빼꼼히
저승인가!
이승인가!
무릉도원 황톳길 걸어오는 소 한 마리 지금 바라보고 있다.

허공이 너무 깊어 하늘이 보이지 않나봐

하늘
내가, 내가 바라보던
바라보고 싶던 하늘이었어
비 오는 날에도
눈 내리는 날에도
안개 자욱한 날에도
바라보고 싶은 하늘이었어

그냥 바라보는 것 만으로도 행복했어
그 하늘이
오늘은 나를 내려다보고 있어
내 눈빛을
내 몸짓을
슬픈 눈으로 살피고 있어

맑은 빗방울이 눈가에 곱게 고여 있어
금방이라도
뚝뚝 떨어져 내릴 것만 같아
하늘 아래 끝없는 길을 걷던
한 사람이 멈춰섰어

그리곤 고개를 젖혀 하늘을 바라보고 있어
허공이 너무 깊어 하늘이 보이지 않나 봐
허공이 너무 깊어 -

하늘의 소리

깊은 밤
시계도 밤을 새우고
나도 밤을 새우고
모로 누우니
내 붉은 심장 소리 들려온다

캄캄한
오늘 내 눈빛 속에
토왕성의 거리만큼 먼
설악산의 토왕폭포 물줄기가
무명 실타래처럼
기다랗게 떨어져 내린다
아버지는 구렁굴 천수답을
소를 몰아 쟁기질하시고
내가 탁주 한 주전자, 안주 한 대접을
새참으로 들고 걸어간다
어머니는 올망졸망 손자들을 거느리고
양지바른 처마 밑에 서서 뜰앞의
사과나무를 바라보신다

내일 나는 이불을 얼굴까지 덮어쓰고 누워있는
아내를 바라보며
어떤 알 수 없는 불안에 휩싸인다
생로병사
거스를 수 없는 운명의 그 길에
나는 서있다
맞서고 싶었다
하늘의 소리가 들려온다.

허공 한 자락

허공 한 자락을 베어내었다
잠은 오지를 않고
인적 없는
바닷가엔 썩은 통나무 하나
쏴…
밀려오는 물결소리가 몸통을 흔들어도 적막강산이다.

허공

저 도시의 불빛들 바라보면
그리움은 허공이 됩니다

슬픈 기억들마저
허공이 되고
그 허공마저 허공이 되면

보입니다
바람에 흔들리는
꽃 한 송이가 -

허공의 길 1

새벽빛이 나무의 키만큼 환한 겨울 산
그 산 위로
새가 한 마리, 두 마리 날아갔다

불을 끄고 등을 벽에 기대앉아 눈을 감았다
빅뱅 이전의 선율이 들려온다
허공과 허공 사이
사념은 벼랑처럼 떨어져 내린다

서풍은 천지 가득 눈발을 휘몰아갔고
산맥은 서쪽으로, 서쪽으로 굽이쳐 달려만 갔다

소쩍새울음 소리에 밤은 더욱 적막하고
금빛 슬픔 들이
되돌아올 수 없는 허공의 길을 걸어가고 있었다

네가 가는 길을 따라
그림자처럼 꼭 가야만 한다는 것을 이제는 안다

허공과 허공 사이
명멸하는 노란 물빛들이 아득하다.

허공의 길 2

가네가네 달이 가네
푸른 바다 구름 속을 달이 가네
가네가네 밤길을 가네
제 그림자앞 세우고 밤길을 가네

나는 지금
세월 속을 걷는다
밤의 꽃길을 걷는다
달은
땅에 만상의 그림자를 남기지만
세월은
형체도 그림자도 남기지 않는다

공의 길이다
공 속의 길을 걷는 나도 공이다.

허공에 단풍으로 파문이 진다

돌에도
무늬가 있다는 것을 알게 되었다
물에도 빛깔이 있다는 것을 알게 되었다

냇물이
비껴 흐르다 여울져내리는 소리
돌들이
고래떼 되어 물길을 거슬러 오르는 소리
그 소리들
허공에 단풍으로 파문이 지면

돌돌돌
소리내며
내 가슴에도 개울물이 흘러간다.

봉황의 울음 만 리에 울리네

초저녁
환한 등불 아래 앉아
바닷속처럼 깊은 생각에 잠겼다

쿵쿵쿵
가슴이 두근거린다
붉은 심장소리 한가운데
커다란 바위 하나 걸려있다
땅속에
깊이 뿌리박힌 큰 바위처럼-

청동검에 핀 회색의 꽃무늬처럼
세월의 비바람이 점점이 새겨진
큰 바위 하나 태산에 절벽으로 솟았다

환한 등불 아래
허공이 되면
봉황새의 날갯짓이 꿈결 같고
봉황새 울음소리 만리에 울린다.

허무 극복을 위한 끊임없는 두드림

심장근(시인)

허무 극복을 위한 끊임없는 두드림

심장근(시인)

소쩍새울음 소리에 밤은 더욱 적막하고
금빛 슬픔들이
되돌아올 수 없는 허공의 길을 걸어가고 있었다

-「허공의 길」 중에서

　권능원 시인에게 있어서 삼라만상의 본질은 공이다. '초저녁/ 환한 등불 아래 앉아'(「봉황의 울음 만리에 울리네」 중에서) 있어도 권능원 시인이 느끼는 시간과 공간은 비어있다. 그 비어있음을 채워가는 권능원의 시집 '신' 조차 그에게는 공이 될 것이다. 그럼에도 불구 하고 권능원 시인은 그 공의 중심을 향한 두드림을 멈추지 않는 다. 권능원 시인의 두드림을 세 가지 면에서 살펴보기로 하자.

1. 세월, 사연이 궁금하다

　권능원 시인의 시는 '살아 감'으로부터 시작된다. 살아가는 그 시간은 세월이라는 지층에 축적되고, 수많은 시간의 그 사연은 시간이 지나가도 다시 어떤 것이었는지 권능원 시인은 '궁금하다'. '4월의 찬바람에 / 화르르- / 매화꽃 잎이 흩날려 떨어(「환한 그 그리움」 중에서)'질 때도 그 사연은 궁금하고, '11월의 찬바람에 / 가로등 불도 서성이는 밤(무상한 꽃 중에서)'도 어떤 일이 있었는지 궁금하다. 이 일들은 남의 일이 아니라 권능원 시인 자신의 일이었음에도 다시 궁금한 것이다. 권능원 시인의 삶은 작은 만남조차도 살아감의 전부가 되기 때문에 꽃 피는 봄날에 있었던 일에서부터 눈보라 날리는 11월의 캄캄한 밤의 일까지 모두 사연을 담은 세월의 귀중한 화석들이 되어 권능원 시인의 두드림에 깨어나고 있다.

　삶을 공으로 보는 사람일수록 그는 삶을 아낀다. 삶을 사랑하고 더 나은 하루의 결과를 그의 삶에 남기고자 최선을 다한다. '2월 / 찬 바람 부는 밤 / 나는 작은 칼로 귤껍질을 벗긴다 // 아내가 하는 말 / 기다리다 죽겠네! / 손으로 벗기면 손톱이 아파서 그래- / 그래서 내가 벗긴다고 그랬잖아- / 아내의 손톱이 아플까 봐(「아내의 말」 중에서)'라면서 그는 그의 삶을 아끼는 것이다.

　뿐만 아니라 권능원 시인의 시는 세월의 시간 속 어딘가에 있는 사연들을 '잊지않음'의 미학으로 보여주기도 한다.

그 먼
추운 밤을 새워, 새워
찾아올 줄은 몰랐습니다
꿈길에서나 한 번 만나보자 보채었던
새벽녘 환한 그리움 하나
눈 덮인 겨울밤을 걸어, 걸어

-「새벽녘 환한 그리움 하나」 중에서

에서와 같이 이제 그만 잊어도 좋을만한 그리움조차 추운 밤을 새워가며 다시 두드려보고 있다. 이를 통하여 권능원 시인은 지나간 것에 대한 책임과 감사를 감정의 지나침없이 보여주고 있다. 감정의 지나침이 없다는 것은 감정이 식었다는 것은 결코 아니다. 기는 아름다운 과거를 현재로 끌어들이되 현재의 시간은 현재의 시간대로 그중 귀하게 여기며 현재를 만들어 준 과거에 대한 감사를 표현하고 있는 것이다.

그러면서도 그의 '세월'은 항상 현재형이다.

시청 맞은편
길 건너 카페 커피예술을 나와
집으로 오는 길

운전석에 나를 앉히고
내 그림자가 차를 몰고 간다

푸르고 깊은 하늘처럼
깊은 내 눈빛 속으로 나는 걸어 들어갔다

113

캄캄한 바닷속처럼
깊은 내 가슴속으로 나는 걸어 들어갔다

그곳엔,
천년의 바람결이 흐르고
천년의 꽃향기가 가득하였다.

- 「천년의 인연」 전문

　문학단체 하나 만들기 위한 작업을 커피 예술이라는 카페에서
했었다. 그 자리를 나와 집으로 돌아가면서 시인은 '운전석에 나
를 앉히고 / 내 그림자가 차를 몰고' 가는 삶의 빈껍데기를 경험한
다. 새로운 문학단체가 잘 될 것인가에 대한 의문과 함께 곧바로
그 의문을 '그곳엔, / 천년의 바람결이 흐르고 / 천년의 꽃향기가
가득' 한 곳으로 스스로를 달랜다. '세월'은 스스로의 삶을 만들어
가는 것임을 웅변한다. 삶에 대한 회의를 갖되 그 회의에 갇히지
않고 '푸르고 깊은 하늘처럼 / 깊은 내 눈빛 속으로 나는 걸어 들
어'가는 것이다. 이는 자아의 소중함과 그 자아가 늘 살아 있는 '세
월'에 대한 자각을 '시청 맞은편 / 길 건너 카페 커피예술을 나와 /
집으로 오는 길'에서도 느끼는 것이다. 그러고 보면 시인의 '세월'
은, '깊은 내 가슴속으로 나는 걸어 들어'가는 것임에 다름이 아니
다. 때로는 '캄캄한 바닷속' 같기도 하지만 삶을 버리지 않고 묵묵
히 걸어가는 시인의 현재의 의지가 여기에 있는 것이다.

2. 산다는 것은

　권능원 시인은 한 시각도 '세월'을 '산다는 것'으로 느끼지 않은
적이 없다.

　　　　안갯속 첩첩한 산이 희미하게 보이고
　　　　창문 밖
　　　　한 그루 미루나무가 바람에 흔들리고 있다
　　　　탁자엔 붉은 꽃이 극락에 들어있다
　　　　백 년 인생사,
　　　　이승의 끈을 악착같이 붙잡고 허둥대는 사람들
　　　　저승길이 캄캄해서일까?
　　　　이승과 저승은 탁자 위 붉은 꽃인 것을 -

　　　　텅 빈 기차역에 앉아 있는 두 노인처럼.
　　　　　　　　　-「텅 빈 간이역에 앉아 있는 두 노인」 전문

　텅 빈 기차역에 두 노인이 앉아 있는 시각에 권능원 시인도 그
곳에 있다. 시인은 왜 그곳에 있는가? 타자로서의 두 노인과 자아
로서의 권능원 시인은 같은 사람이다. 그의 오늘 하루는 '안갯속
첩첩한 산'이며 '바람에 흔들리고 있는 창문 밖 한 그루 미루나무'
다. 그러면서 문득 건너다보이는 탁자에는 붉은 꽃이 있고, 그 붉
은 꽃은 오늘의 형상이 되어 백 년 인생사의 하루를 채우고 있다.
텅 빈 기차역에 앉아 있는 두 노인은 저승에 한 발 들여놓고 있는
바, '지하철은 흔들흔들 흔들리면서도 / 목적지를 향해 / 거침없
이 허공을 가'(평택발 청량리행 지하철)르는 우리들의 하루인 것이다.

결국 두 노인은 항상 삶의 가장 가까이에 있는 권능원 시인이며 우리들의 자화상이기도 하다.

그러면서 권능원 시인은 산다는 것을 더 이상 은유하지 않고 직설적으로 이렇게 말한다.

산다는 것은
적막과 침묵의 땅에
한 점으로
흔들리는 것

산다는 것은
광대무변한 거대한 인연의 밤하늘에
별빛으로
흔들리는 것.

-「무념무상」 전문

얼마나 그의 직설적인 삶은 적막과 침묵의 땅인가? 그러면서도 광대무변한 거대한 인연의 밤하늘에 / 흔들리는 / 별빛인가?

뿐만아니라 이런 삶을 뒷받침하는 '산다는 것'의 중심엔 늘 아내가 있다.

시 좀 그만 쓰고 편하게 살아요
아내의 말이 맞다

오늘 밤도 어제처럼 창문이 환한

새벽 1시 6분

덕두리 가는 길

키 큰 참나무숲의 향이 진하다

그 참나무 액을 빨아먹느라 정신없는

풍뎅이

말벌

사슴벌레

오고 가고, 가고 오는 날개짓이 시끌벅적하다

-「내일, 아내가 말했다」 중에서

아침밥을 먹으면서 아내가 말했다

글을 쓰면 돈이 생기나 뭐가 생기나…

하던 일도 그만둘 나이에

왜 그렇게

글을 쓰려 하시오

그만 쓰고 같이 여행이나 다녀요

-「아내의 넋두리」 중에서

등에는 아내가 대뜸 화자로 등장한다. 아내는 글을 쓰지 말라는 것이 아니다! '내 7대조 할아버지처럼 / 벼슬도 못하면서… 자정이 넘은 12시 23분 이 시각에도 / 나는 지금 글을 쓰고있(아내의 넋두리)는 나(권능원)를 채근하는 삶을 살고 있다. 그의 삶은 때로는 극락이나 지옥을 헤매기도 하고 때로는 따스한 손길의 아내 옆에서 막걸리 한 잔을 맛있게 먹기도 하는 바 '가슴에 예쁜 꽃 한 송이 피어있는'(보고 싶어 대문을 열다) 아내와의 삶인 것이다.

3. '3. 빈 곳이 또 빈 곳이 되다 와 4. 허공마저 허공이 되면'

그러면서도 권능원 시인의 삶(곧 시)의 철학은 확고하다.

그 사람의 목소리가 들려온다

그 사람이 나를 바라보고 있다

천년의 바람 소리가 들려왔다

천년의 빛줄기가 닿아왔다

모든 것은 찰나일 뿐

무엇을 덧붙일 수 있겠는가

찰나도 공인 것을…

-「찰나도 공인 것을」 중에서

허공엔

푸른 바람의 길들이 천년의 강물로 흐르고

대지엔

슬픈 시간들이 붉은 꽃잎으로 점점이 떨어져 내리고 있다

무량한 어둠을 지나

내 눈빛 속으로 들어온

너는

황금빛 눈부신 만상萬像이 된다.

-「공空」 전문

나는 하늘이 된다
나는 신神이 되었다

-「공空도 공空이다」 중에서-

능소화 핀 대문 앞에
거대한 시간의 절벽으로 선 한 아이가
도깨비방망이를 가슴 속 깊이 숨기고 있다는 것을

-「금강산 유점사」 중에서

등을 보면 그의 시적 철학을 가늠해 볼 수 있다. '세월'을 사랑하고 '산다는 것'을 사랑하는 권능원 시인의 내면은 늘 허무로 채워져 있다. 사랑조차도 그에게는 무의미한 것이며, 그 허무는 또한 새로운 공空을 발견하게 된다. 권능원 시인의 공은 생활 그 자체에 다름 아니다. 모든 생활 속의 삼라만상이 공이며, 과거와 현재와 미래도 또한 공이다. 그러고 보면 권능원 시인의 시의 본질은 공의 탐구에 있다.

눈이 오면 어떠하리
바람이 불면 어떠하리
왜,
밤하늘의 달을 보고 나서야
달을 따라간다 하시오

-「그냥, 떠나가면 될 것을」 중에서

에서 보면 권능원 시인의 시의 공의 내면을 살펴볼 수 있다. '눈'과 '바람'은 권능원 시인을 향해 '오고'있는데, 눈과 바람이 그를 향해

오기 전의 '달'을 그는 가슴에 안고 있다. 달은 '오는 것'에 대한 '가는 것'의 필연으로 작용해서 그 사이에 있는 시인의 공空에 대한 또 하나의 인식을 가능하게 하고 있다. 그 결과로 시인은 ' 구름도 달도 / 오던 길 혼자 가야만 한다오 / 가던 길 그냥 가면 왔던 그 길인 것을…'이라고 처연하게 자신의 현재를 인식하고 있다. 그 '현재의 인식'은 앞서 1, 2에서 살펴본 '세월'과 '산다는 것'의 또 다른 표상인 것이다.

아마도 권능원 시인은 이 시집을 통해 그 공의 거대한 입구에서 한 발자국 더 안으로 들어갔을 것이다. 그러므로 탐색은 이제 시작이다. 그냥 걸어가며 바라보고 느끼는 그런 탐색이 아니라 '땅을 걸어가니 / 하늘이 따라온다(「바람의 냄새」 중에서)'는 자아인식과 '만물은 둥글 뿐이다 / 끝도 경계도 없이 둥글 뿐이다.(「만물은 둥글다」 중에서)'와 같은 상황 인식의 조응으로 그의 공空은 더욱 깊고 넓어질 것이다.

아울러,

물에도/무늬가 있다는 것을 알게 되었다/물에도 빛깔이 있다는 것을 알게 되었(「허공에 단풍으로 파문이 진다」 중에서)을 뿐만 아니라

'쿵쿵쿵 / 가슴이 두근거린다 / 붉은 심장소리 한가운데 / 커다란 바위 하나 걸려있다 / 땅속에 / 깊이 뿌리박힌 큰 바위(「봉황의 울음 만리에 울리네」 중에서)'를 안고 있는 권능원 시인의 시를 향한 두드림은 멈춤이 없을 것이다.